suhrkamp taschenbuch 935

Jörg Steiner, geboren 1930 in Biel/Schweiz, besuchte das Lehrerseminar in Bern und arbeitete anschließend als Volksschullehrer. 1971/72 war er Mitarbeiter und Stipendiat der Basler Theater. Er lebt und arbeitet heute in Biel. Seine Bücher – Gedichte, Romane, Erzählungen, Kinderbücher – wurden mehrfach ausgezeichnet.

Schnee bis in die Niederungen ist ein Begriff aus der Sprache der Meteorologen, vertraut aus den Wettervorhersagen. Gemeint sind: fallende Temperatur, Glatteisgefahr, Schneetreiben, Wettersturz – also das Hereinbrechende, das nicht Absehbare, das Bedrohliche.

Der Autor beschreibt das Alltägliche; aber erzählend führt er aus dem Alltäglichen hinaus und öffnet ein Tor ins Dunkle, in das andere, das sich ins Alltägliche drängt.

Der Träger des andern trägt in diesem Buch den Namen Reubell. Reubell *ist* nicht der Doppelgänger des Autors, er *macht* sich zum Doppelgänger. Reubell läßt sich nicht beschreiben bis zur Kenntlichkeit; er verlangt eine Beschreibung bis zur Unkenntlichkeit. Ein Monster kann nur solange Monster sein, als es unfaßbar ist. Reubell läßt es nicht zu, mit einem Steckbrief dingfest gemacht zu werden. Was er zulassen muß, ist Steiners Beschreibung, die zeigt, daß den Menschen in einer monsterhaften Welt die eigenen Erfindungen zur tödlichen Bedrohung werden.

An der Grenze zur Sprachlosigkeit wird zur Sprache gebracht, was wir alle nicht zähmen, nicht bannen, nicht verdrängen, nicht loswerden können.

Jörg Steiner
Schnee bis in die Niederungen

Erzählung

Suhrkamp

Umschlagfoto: Marco Paoluzzo

suhrkamp taschenbuch 935
Erste Auflage 1983

Suhrkamp Taschenbuch Verlag
Satz: LibroSatz, Kriftel
Druck: Nomos Verlagsgesellschaft, Baden-Baden
Umschlag nach Entwürfen von
Willy Fleckhaus und Rolf Staudt

1 2 3 4 5 6 – 88 87 86 85 84 83

Für Marianne und Max Frisch

I

Ich habe bis drei Uhr Aufsätze korrigiert und bin dann

Ich bin spazierengegangen, weil mich das Lesen der von Hand geschriebenen Texte stark ermüdet, werde ich sagen.

Da, wo der Fußweg von dem breiten Fahrweg abzweigt, hat es angefangen zu regnen; das kann ich beschwören.

Der Westwind treibt die Wolken vor sich her.

Über der Ebene liegt kein Dunst; das Ferne ist ganz nahegerückt.

Am Fernrohr auf der Aussichtsterrasse steht ein Kind auf den Zehenspitzen und beobachtet die Regenschleier über den drei Seen.

Unterwegs habe ich mir vorgestellt, wie angenehm es sein wird, nach dem Fußmarsch in der Gaststube zu sitzen.

Ich habe nicht an die Autofahrer gedacht.

Kann ich jemandem erklären, daß das Ding, das ich gefunden habe, im Regen nicht naß

geworden ist?
Ich habe es unter einer Tanne gefunden, werde ich sagen.
Es handelt sich um einen braunen Gummisack, der an einer von Hand gedrehten Schnur hängt.
Ich bin der Schnur, nein, das ist nicht richtig.
Ich bin durchs Gebüsch gekrochen, da war ein großer, schmutzig-weißer Lappen an einer Schnur befestigt, und am Ende der Schnur hing, an einem unversehrten Plastiksack, ein kleiner Kasten.
Ich habe den Plastiksack geöffnet und den Kasten herausgenommen.
Auf dem Deckel steht: 6 Volt. Als Absender ist eine Militärstation angegeben.
Der Finder wird gebeten, den Kasten in einem eingeschriebenen Paket an den Absender zurückzuschicken.
Schon beim Aufstieg zum Berghaus, fällt mir jetzt ein, bin ich einem älteren Ehepaar begegnet; die Frau hat ihren Dackel an der Leine geführt.
Sie schaute zu mir herüber, während ich versuchte, die Schnur, den Kasten und den Gummisack zusammenzurollen.

Ich habe das Paket nicht mehr wegwerfen können.
Man hatte mich beobachtet.
Der braune Gummisack hat einen Riß, da, wo er in der Tanne hängengeblieben ist.
Ich gebe zu: das ist bereits ein Versuch, zu erklären, daß der Ballon in der Tanne hängengeblieben ist. Manches wird durch eine Beschreibung nicht nur beschrieben, sondern erklärt, und doch läßt man eine Beschreibung nicht als Erklärung gelten. Bekenntnisse werden verlangt, die fragwürdig gemacht werden können, so, wie wir uns durch eigene Bekenntnisse erleichtern, die andern Menschen fragwürdig sind.
Es war leichtfertig, zu behaupten, die Schnur sei eine von Hand gedrehte Schnur gewesen. Kann ein Laie eine von Hand gedrehte Schnur von einer maschinell hergestellten Schnur unterscheiden?
Wenn die Schnur eine gewöhnliche Schnur ist, bin ich mit meiner Beschreibung ein Aufschneider. Wenn es sich aber wirklich um eine von Hand gedrehte Schnur handelt, muß ich mehr wissen, als ich zu wissen vorgebe.

Man wird Fragen stellen.
Man wird Antworten erwarten.
Was ich beschreibe, muß ich so beschreiben, daß es sich selbst erklärt.
Ja, werde ich sagen, ich hatte vor, das Ding einzupacken und wegzuschicken. Aber, wie gesagt, es war Sonntag, und am Sonntag ist die Post geschlossen. Am Montag hatte ich acht Stunden Schule. Es war am Montag ebenso kalt wie am Sonntag, Sie erinnern sich, meine Herren. In Höhenlagen konnte sich ein Ballon nicht halten; Schnee auf 1000 Meter Höhe; Schnee in der Nacht dann auch im Mittelland.
Ich werde mich vorbereiten
Ob meine Schriften in Ordnung sind?
War meine Steuerrechnung eine provisorische Steuerrechnung?
Im Dezember sollen die Lehrer in einer stillen Wahl im Amt bestätigt werden.
Ich werde die Profile an den Hinterreifen nachprüfen.
Ich werde
Dynamo, wir werden uns in einem andern Lokal verabreden und nach zehn Uhr abends Musik nur noch in Zimmerlautstärke hören.

Vor vier Monaten läutete der Polizist, der im Parterre wohnt, an meiner Türe. Er sagte, seine Frau habe vergessen, Salz einzukaufen. Er wartete in der Küche, während ich Salz aus einem Paket in das Schüsselchen füllte, das er mitgebracht hatte.
Vor einem Jahr, vor einem Jahr ungefähr, war ich nicht in der Lage, einen Mann zu beschreiben, der im Durchgang vor unserem Haus eine Schlägerei beobachtet hatte und dann weggelaufen war.
Der Mann wurde als Zeuge gesucht.
Ich nannte den Polizisten meinen Namen, aber sie kannten ihn schon.
Übrigens, Herr Steiner, sagte der eine: Sie kennen nicht zufälligerweise einen Mann namens Reubell?
Ich holte eine Zigarette aus der Tasche, und er gab mir Feuer.
Es war nur so eine Idee von mir, sagte er. Man wird ja noch fragen dürfen.
Ich bin ein starker Raucher, werde ich sagen. Manchmal gehe ich spazieren, wenn ich Kopfschmerzen habe, und unterwegs rauche ich nie.
Auf dem Parkplatz beim Berghaus standen

viele Wagen; aber ich bin den ganzen Weg zu Fuß gegangen, hin und zurück.

2

Ein Lastzug hat an der Tankstelle angehalten.
Der Beifahrer schläft, der Fahrer öffnet die Tür und steigt steifbeinig aus. Er gähnt, blinzelt im hellen Licht und rudert mit den Armen.
Ein Fernfahrer, sagt der Tankwart zu mir. Sie kommen nachts alle zu uns, um aufzutanken. Wir sind die einzige Tankstelle mit 24-Stunden-Betrieb in der Gegend. Du brauchst nichts anderes zu tun, als mir zuzuschauen; dabei lernst du am meisten.
Ich weiß nicht, was dir dein Reubell erzählt hat, sagt er.
Mit vierzehn hat Reubell zum Beispiel angefangen, seine Haare nach vorne zu bürsten, sage ich. Mit fünfzehn hat er seine Zähne dreimal täglich geputzt und Hermann Hesse gelesen. Seine erste Freundin ist eine Drogistin gewesen, aber als ich ihn kennenlernte, war er fünfunddreißig Jahre alt und fuhr ein

Militärrad. Genügt das?
Der Tankwart hat das Radio angedreht. Auf Europa 1 tröstet Madame Soleil eine Frau Carol Etienne aus dem Massif Central mit Jupiter im dritten Haus.
Der Fahrer pißt an den Zaun und gähnt noch zweimal.
Beim Zurückkommen schiebt er ein paar Kastanienblätter in den Lichtkreis.
Mit Nachtfrost ist jetzt noch nicht zu rechnen.
Vor Marseille, sagt der Fahrer, wird im Sommer der Asphalt klebrig; man hört die Autos auf der Straße kilometerweit, erinnerst du dich?
Wir haben hier einen neuen Prospekt für Winterreifen, sagt der Tankwart. Wir sind jetzt auch für Montage eingerichtet, montieren und auswuchten.
Vor Marseille habe ich gestern ein Mädchen mitgenommen, sagt der Fahrer; eine Engländerin. Sie hat einen dünnen Pullover getragen und nichts darunter.
Er klettert in die Kabine und zieht eine blaue Jacke an.
Erst in der Kabine unterschreibt er den Lie-

ferschein. Dann läßt er den Wagenzug anrollen, so, daß der Beifahrer nicht erwacht.
Mit den Fernfahrern mußt du aufpassen, sagt der Tankwart und prüft die Unterschrift auf dem Schein. Manchmal hauen sie dir die Faust zwischen die Rippen, freundschaftlich, aber es tut dir mehr weh, als du zugeben darfst.
Darum schlägst du immer zuerst, sage ich.
Nein, das ist es nicht, sagt der Tankwart; das meine ich nicht, wenn ich sage, du sollst mir genau zuschauen.
Vielleicht kannst du es mir erklären, sage ich.
Erklären, sagt er. Erklären kannst du nur, was der andere schon weiß. Ich habe es mit Erklärungen versucht, damals, als ich meinen Unfall hatte.
Reubell hat dich damals gekannt, sage ich.
Ja, halb Mensch, halb Holz, dein Reubell Rübezahl!
Reubell hat einen Fernfahrer gekannt, der Tankwart wurde, sage ich; einen Fernfahrer, der Tankwart geworden ist, weil er nach einem Unfall keine Lastwagen mehr fahren konnte.

Ich werde nie mehr einen Wagen fahren, sagt der Tankwart. Seit ich nicht mehr fahre, bin ich ein besserer Fahrer. Verstehst du, was ich meine?
Du meinst, die Besten hören auf?
Aufhören ist nicht das richtige Wort, sagt der Tankwart. Ein Aufgeben ist es nicht; eher ein Warten.
Du hast ein Kind überfahren!
Bist du sicher, daß ich darüber reden will? sagt der Tankwart.
Er geht zum Kleiderschrank und fängt an, sich umzuziehen.
Ich gehe nach Hause, sagt er und hängt seinen Overall über den Bügel. Was ich weiß, habe ich dir gesagt; ich habe keinen Vorwand nötig, um dir zu sagen, was ich weiß.
Aber, wie kann man damit fertig werden? sage ich.
Du kannst hier allein weitermachen, sagt er. In zwei Stunden kommt die Ablösung.
Wie wird man damit fertig? Das hast du mir nicht gesagt.
Ich weiß es auch nicht, sagt der Tankwart. Ich weiß nicht, wie lange man es aushält. Das ist es, was ich nicht weiß.

3

Am Stadtrand liegt noch immer Schrott aus der Nachkriegszeit.

Jahrelang, heißt es, habe hier ein Mann in einer Wellblechhütte gehaust. Er sei wahrscheinlich an einer Fleischvergiftung gestorben.

Der Tote selbst sei zwar nicht gefunden worden, aber in einem halbleeren Milchtopf habe eine aufgetriebene Ratte gelegen.

Reubell hat oft den Wohnsitz gewechselt, die neue Adresse oft nicht zur Zeit gemeldet: Dennerstraße, Stadtmist, 12th street, Estèvebas, Calle S. Nicolas, Kirchgasse; Jean-Pierre, Jean-Jacques, Jean-François, jedenfalls Jean Reubell, ein Mann mit nicht unbekannten Vorfahren zum Beispiel in Colmar, Elsaß.

Reubell hat sich seinen drei festen Freundinnen als Hobby-Sammler vorgestellt.

Sammler sind häusliche Menschen, Fräulein Dolores, Adrenalin-Menschen mit einer im-

merwährenden Wut, der Sammlerwut und dem berühmten höherschlagenden Sammlerherzen.
Die Nebenachse der Hyperbel, sagte Reubell zu Brigitte, ist die Mittelsenkrechte der Hauptachse.
Brigitte glaubt es. Sie steht in Reubells Schlafzimmer und betrachtet eine auf zwei Holzschwellen festgemachte Maschine.
Ich habe noch keinen Namen für sie gefunden, sagt Reubell.
Du könntest sie Roy Bell nennen, sagt Brigitte.
Ist das nicht ein bißchen übertrieben? fragt Reubell.
Es paßt zu dem, was du mir von der Hyperbel gesagt hast, sagt Brigitte.
Brigitte sagte auch, es sei wahr, Reubell habe mit einem Motorradfahrer zusammengearbeitet, mit einem jungen Mann namens Schose Claude Ledermann; einem Ehemaligen.
Wie wir wissen, ein Ehemaliger, sagte sie zu mir.
Woher wissen wir das? fragte ich sie.
So ist das eben einfach, sagte sie; einen Ehe-

maligen erkennt man eben. Man weiß nicht warum, aber es ist so. Bestimmt ein Ehemaliger, denkt man.

Aber ja, das werden unsere Generale zu verhindern wissen. Erinnerungen und Vorstellungen bieten sich ihnen als Wirklichkeit an. Man weiß, sie haben die Maschinen unter Kontrolle. Man kann sich ihnen anvertrauen, auch in der nächsten, noch ungelebten Sekunde. Die Zukunft ist grundsätzlich idyllisch: Wachstum, Menschlichkeit, Friede; aber ja, aber ja.

Am Minutemanbunker ist eine verwitterte Inschrift zu lesen. Da, schau her, ein Modell! Ein Modell, das allen sagen will Ta Tà-ta Tà-ta Ta

Das könnte heißen: daß Zukunft machbar ist.

Mit ihrem blauen Augenschirm und im offenen Morgenmantel sitzt Reubells Schlummermutter vor dem Fernseher.

In der Kirchgasse gehen die Mädchen auf und ab: Doris, Brigitte, Dolores.

4

Reubell:

Ein aus vielen Einzelteilen Zusammengesetztes.

Ein zu großer Kopf auf einem zu schmalen Körper.

Ein gesundes Herz.

Ein schlechtes Gedächtnis.

Zerbrechliche Handgelenke.

Eine kranke Leber.

Kurze Oberschenkel.

Die Ausdrucksmöglichkeiten des Körpers, die Sprache des Körpers; Angst und Ratlosigkeit, Wärme, Anteilnahme, abgewürgte Kraft, zurückgenommene Wut, im Keim erstickte Kühnheit.

R-adfahrer
E-lsässer
U-ebertreiber
B-auchredner
E-rmittler

L-ockvogel
L-eisetreter
Reubell loswerden.

5

Als Ausländer hat Reubell gewisse Freiheiten.
Immerhin darf er überall sagen, was er von Katzen hält.
Weil ich fürchte, Reubell könnte als Scheintoter beerdigt werden, wird er sein Herz und eine Gabe von zweitausend Franken testamentarisch der Stiftung für herrenlose Katzen vermachen.
Reubell liebt Katzen. Eine Katze kann zahm werden oder verwildern. Sie vergräbt ihren Kot. Sie liebt die Wärme, aber sie kann Kälte ertragen. Sie wird nicht gerne naß, aber sie kann schwimmen.
Eine Katze, die nicht mehr jagen darf, verliert ihr Haar. Sie greift den Hausherrn an, der ihr den Milchnapf bringt. Sie stirbt dahin; es ist ein Jahre dauerndes, qualvolles Ersticken auf einem blauseidenen Kissen im Backsteinhaus an der zwölften Straße. Und unter dem Fenster klappern

die Blindenstöcke.
Reubell hat gelesen, daß in der Stadt sechzehntausenddreihundertvierundzwanzig registrierte Blinde leben. Alle glaubten, als sie nach New York kamen, nicht für immer dazubleiben. Sie sind in die Stadt eingedrungen, sie haben sich festgesetzt, so, wie man selber angekommen ist, auf der Durchreise, unter einem Vorwand.
Man kann Menschen kennenlernen; das kann man, das läßt sich machen.
Reubell, in New York angekommen, glaubt, den Eindruck eines grauhaarigen, etwas schwerfälligen Beamten zu machen. Er, der schon fast unter Verfolgungswahn gelitten hat, kann sich nicht vorstellen, daß ihn hier niemand beachtet. Wenn er es wüßte, wäre er vielleicht für einen Augenblick glücklich; aber schon in der nächsten Sekunde würde das Gefühl umschlagen in Bedrückung, dann in Panik, dann in Resignation, dann in Verfolgungswahn.
Reubell kann auch in New York jemanden ansprechen. Er kann in New York ebenso frei über Katzen sprechen wie bei uns.
Er läßt sich von den beweglichen Bildern

überraschen. Die Autoschlangen sind keineswegs kompakt. Fußgänger überqueren die Straßen. Ein weißer, hautloser Hund hängt in der Auslage eines chinesischen Lebensmittelgeschäftes. Im Kassenhäuschen zählt eine weiße Frau Geld.

Doris hat Reubell gewarnt.

In New York gehen Frauengeschichten nicht immer gut aus.

Die Frauen sitzen in einem von Dunst und Ruß gefilterten, dünnen Sonnenlicht. Manche tragen breite Aluminiumkragen um den Hals. Gebrechliche Diener beschmieren den Tisch, an dem ihre Herrinnen sitzen, mit Sirup.

Die Damen trinken Tee, halten eine Fliegenklappe in der Hand und warten auf die Fliegen.

Doris hat Reubell gefragt, ob Neger nicht auch an Sonnenbrand leiden.

Doris hat Reubell das Wort Mobility übersetzt, langsamer, als nötig gewesen wäre.

Den Staub von den Füßen schütteln, das ist eine Umschreibung.

Man verschiebt die Abreise, man richtet sich auf eine längere Dauer ein.

Reubell stößt in einer der östlichen Querstraßen auf den scharfen Geruch von gegerbten Fellen.
Im Himmel hängt ein Helikopter; Wespe ist sein Name, schwarz auf gelb.
Auf dem Rückweg wird Reubell nicht verfolgt.
Es gibt neue Plätze, es gibt eine neue Musik, und wenn Gott uns nicht erschaffen hat, haben wir ihn erschaffen; da liegt Trost drin, Mann.
Im Restaurant an der zwölften Straße bestellt Reubell jetzt immer gleich Bier. Er beobachtet die Katze. Er stellt sich mit uns andern unter die Tür, wenn ein Demonstrationszug durch die Straße zieht.
Aber manchmal gibt es nichts zu sehen; manchmal genügt auch nur ein Geruch, eine Mischung von Gerüchen, oder die Erinnerung an einen Geruch, unter der offenen Tür. Zum Geruch der gegerbten Felle fällt mir das Colmarer Judenviertel ein. Mit Wanderwegen kann ich Reubell nicht dienen, mit Uferwegen noch weniger.
Zweihunderttausend Zivilisten verschwinden täglich aus befriedeten Gegenden. Ein

Mann, der ohne Jacke vors Haus geht, vielleicht in der Hoffnung, sich eine Erkältung zu holen, wird fünf Jahre später unter anderem Namen aufgespürt. Er hat eben Zigaretten gekauft und läßt nun wieder eine Familie zurück, englischsprechende Kinder diesmal; möglich, daß man ihn in Mexiko noch einmal finden wird.

Reubell taugt nicht für ein solches Ende, auch wenn in seinem Paß eine Personenbeschreibung steht, die ebensogut auf zweihunderttausend andere Menschen zutreffen könnte, hier, in dieser namenlosen Stadt.

Man findet die Toten erst nach Wochen, wenn der Zins überfällig ist, in den gigantischen Altersheimen und ihren Glashäusern. Seltsam ist dort nicht der Tod, sondern der langwährende Aufschub, das Vergreisen, das Zusammenschnurren, das Gerinnen, das Austrocknen und Erkalten.

Licht aus zwei starren Neonaugen: und das Weiß der Wände löst sich in Schattenzonen auf. Unebenheiten werden sichtbar, Schorf und Schrunden, und, zwischen Gipsschuppen weit vorragend, die Steckdose mit den zwei Löchern und mit einem Schrauben-

kopfgesicht zwischen den Löchern.
Wie spät ist es?
Es ist zwei Uhr fünfunddreißig.
Wie spät ist es?
Es ist 1972.
Wie das riecht! Riechst du es auch, Reubell?
Es sind die gegerbten Felle. Es sind nicht die sterbenden Katzen. Es sind nicht die Verschollenen.
Nur ein vereister Soldat wird zurückbleiben; einer, der sich vor nichts mehr fürchtet; ein Scheintoter wie du.
Die Landschaft ist in einen rötlich färbenden Dunst gehüllt. Kein Wasser. Auf einer schillernden Schlacke sitzt ein zottiges, sechsbeiniges Wesen und putzt sich mit dem Schnabel den Pelz. Jenseits der abgetragenen Hügel ist China als grün oxydierter Sandsturm sichtbar.
In der Tat, eine reich gesättigte Erde, angefüllt mit den Zeugen der großartigsten Vergangenheit.
Möchtest du dabeisein, wenn der letzte Soldat eine Coca-Cola-Flasche ausgräbt?
Warum schaust du mich so lange an, ohne ein Wort zu sagen?

6

Ich, als deine Mutter, hätte dich schon als Kind umgebracht, Reubell, 1969 oder 70.
Ich habe oft mit ihm gespielt, auch, als er noch ganz klein war, hätte ich zu Protokoll gegeben.
Ich habe ihn oft in den Stadtpark mitgenommen, weil wir ja keinen Garten hatten. Er war weniger oft krank als die andern Kinder in unserem Quartier.
Im Industrieviertel sind die Kinder oft krank; Kinderkrankheiten, Grippe, oft auch Entzündungen der Augen, besonders im Sommer, wenn wir die Fenster offen hatten.
Trotzdem haben wir den Hauswart gebeten, die Kinder im Hof spielen zu lassen, und als der Hauswart nein sagte, haben wir einen Brief an die Versicherungsanstalt geschrieben. Ihr gehört der Block.
Ein neuer Hauswart wurde eingestellt, aber zwei Monate später ist der Hof zu einem Parkplatz umgebaut worden.

So ist das.
Manche Mieter binden ihre Kinder an einem Tischbein an, wenn sie weggehen müssen; das habe ich nie getan.
Der Junge hat im Treppenhaus gespielt, und einmal ist er mit einer zerrissenen Schürze nach Hause gekommen. Ich habe ihm ein Flugzeug auf den Flick gestickt, nach einer Vorlage der Schweizer Illustrierten.
Im Dezember 1969 habe ich dann den Mieterstreik vorbereitet.
Der Hauswart war im Militärdienst, und wir haben die Versammlung in meiner Wohnung abgehalten, obschon mein Mann es mir verboten hatte.
Im März kam die Kündigung. Ich sei die Anstifterin gewesen, hieß es in dem Schreiben.
Als mein Mann den Brief gelesen hatte, schlug er mich; aber dann sprachen wir zusammen, und schließlich beschlossen wir, in eine der leerstehenden Wohnungen im Villenviertel zu ziehen. Das Haus dort gehört einem Bauunternehmer, der es im Auftrag des Klosters Einsiedeln gekauft hat; eine Abbruchliegenschaft.

Wir haben nichts beschädigt, nicht einmal die Türschlösser. Mein Mann hat Nachschlüssel angefertigt. Ja, und da haben wir gewohnt, bis die Polizei uns weggeschafft hat.
Zuerst kamen bloß schriftliche Aufforderungen, und ein Gerichtsverfahren ist eingeleitet worden.
Dann, Ende Juli, umstellten elf oder zwölf Polizisten das Haus, und, als wir nicht freiwillig räumten, wurden wir auf die Straße getragen, ich, mein Mann und der Junge.
Das Fürsorgeamt hat uns in einer Wohnbaracke eine Zweizimmerwohnung angewiesen. Die paar Möbel, die uns gehörten, wurden direkt von der Polizei dorthin geschafft.
Ich weiß noch, daß es ein schöner Tag war, und daß der Junge nicht weinte.
In den Baracken wohnen mehr als hundert Leute.
Im August war es da sehr heiß, und im Herbst, als es anfing zu regnen, mußte man Bretter legen, weil alles unter Wasser stand.
Als die Polizei meinen Mann holte, gingen sie in Einerkolonne über die Bretter.
Das Gericht verurteilte ihn zu sechs Mona-

ten Gefängnis, unbedingt.
Der Junge wollte nun nicht mehr draußen spielen, weil die andern Kinder angefangen hatten, Verbrecher und Polizist zu spielen, und er sollte immer der Verbrecher sein.
Von nun an mußte ich zu Hause bleiben und auf den Jungen aufpassen, konnte nicht mehr arbeiten gehen; wir hatten aber kein Geld mehr.
Da habe ich es getan.
Ich habe den Hammer genommen, einen Eisenhammer, den man braucht, wenn man mit dem Spitzeisen arbeitet.
Ich habe den Jungen mit dem Hammer, vielleicht zehnmal, genau kann ich es nicht mehr sagen.
Ich habe gedacht: was soll er in dieser Welt? In dieser Welt kann man nicht mehr leben, es ist nicht mehr eine Welt für Menschen.
Am andern Morgen ging ich ins Gefängnis zu meinem Mann.
Es war keine Besuchszeit, und ich sagte dem Wachtmeister, was ich getan hatte, und daß ich es meinem Mann sagen wollte.
Sie holten ihn, und als ich es ihm gesagt hatte, wurde ich gleich im Gefängnis verhaftet.

Mein Mann sagte nur: Gottverdammich, Gottverdammich.

7

Ich, als Schweizer, sagt Gianni, noch bevor ihn jemand nach seinem Namen fragt.
Meine Vorfahren sind Schweizer gewesen, das ist verbrieft. Mein Urururgroßvater hat mit Rötel GIANNI an die Wand geschrieben, damals, als er von Marignano zurückkehrte. Vielleicht hat er nach seiner Rückkehr etwas von einem Gianni erzählt.
Wenn ihr wüßtet, was ich mit Gianni vor Marignano erlebt habe, hat er vielleicht einmal gesagt; mehr nicht.
Gianni sagt, der erste Gianni sei im Jahre 1520 geboren worden.
Gianni sagt, man müsse sich damit zufrieden geben, daß sich ein Seufzer und ein Name, von Zeit zu Zeit ausgesprochen, der folgenden Generation tiefer einpräge, als eine ganze, zusammenhängende Geschichte.
Ich trage meinen Vornamen aus Respekt für meine Ahnen, sagte Gianni zu mir; aber meine Freunde nennen mich nicht beim

Vornamen.
Gianni Murbacher wohnt in einem der Reiheneinfamilienhäuser mit gemeinsamer Brandmauer und mit Vorgärten, die durch grüne Maschendrahtgitter aufgeteilt sind. In allen Gärten wachsen Hortensien, für die auch Gianni keinen andern Namen kennt.
Nach dem Nachtessen sitzen seine beiden Kinder hinter den Schulaufgaben, Gianni hat sich in den Sessel unter die Ständerlampe gesetzt und liest die Tageszeitung. Gianni rückt die Lampe näher und dreht den Schirm so, daß die Schlaufe aus rotem Samt keinen Schatten aufs Papier wirft. Der Schäferhund Nero streckt sich, gähnt und legt sich dann auf Giannis Füße.
Ich gehe mit Nero ins Freie, ruft Gianni in den Hausflur; seine Frau wird ihn schon gehört haben. Erst draußen schlägt er den Mantelkragen hoch.
Gianni geht immer denselben Weg: hinunter zum Graben, wo der Hund ohne Leine laufen darf, dann hinauf zum Parkplatz beim Supermarkt.
Dort steht die Telefonkabine.
Platz, Nero, sagt Gianni, und Nero bleibt

vor der Kabine sitzen.
Gianni schließt die Türe, hebt den Hörer ab, steckt ein Zwanzigrappenstück in den Schlitz und wählt die Nummer 17.
Er läßt den diensthabenden Polizisten zweimal Hier Kantonspolizei sagen, ehe er sich selber meldet.
Und hier spricht ein Freund, sagt er dann. Hier spricht kein Schlepper, kein Menschenhändler, sondern ein Freund mit echter Gesinnung. Ich möchte Ihnen mitteilen, daß auch im Verkehrsverein ein Ausländer arbeitet; selbstverständlich schwarz. Haben Sie mich verstanden? ein Ausländer, Elsässer, Name Reubell, Verkehrsverein Biel. Ende.
Gianni sagt immer Ende, bevor er auflegt; das haben wir im Militär gelernt.
Wenn er zu Hause das Telefon abhebt, sagt Gianni oft nur Halloh, oder Auftragsdienst oder ja, bitte. Gianni wird oft über Mittag angerufen. Er hat seiner Frau und den Kindern verboten, über Mittag Telefonanrufe entgegenzunehmen.
Draußen vor der Kabine nimmt Gianni seinen Hund an die Leine. Jetzt geht der Hund voraus. Er stößt die Gartentür auf. Gianni

kommt nach, schaut sich um und öffnet die Haustüre. Der Hund bleibt einen Augenblick im Flur stehen und läßt sich dann widerwillig in die Küche führen.
Ich weiß, daß auf dem Steinboden in der Küche keine Gesichter erscheinen; nur die Strukturen im Kalkstein sind zu sehen: Schnecken, Muscheln und Meerpflanzen: Versteinerungen.
Einer wie ich erwartet Gesichter auf dem Steinboden, eine Schrift an der Wand.
Einer wie ich erwartet das Unerwartete, das jäh Hereinbrechende; etwas, das nie geschieht, das aber vielleicht doch plötzlich geschehen könnte.
Aber morgen trinken wir wieder Kaffee im Lehrerzimmer, Gianni und ich.
Gianni süßt seinen Kaffee mit Saccharin.
Ich weiß, daß wir nach der Pause sitzen bleiben, daß die Eltern uns gut mögen, und daß die Schüler, wie man so sagt, für uns durchs Feuer gehen.

8

Die Schleusenwärterin antwortet nicht auf Zurufe, das haben die Fischer Reubell bestätigt.
Niemand weiß ihren Namen.
Die Schleusenwärterin heißt Schleusenwärterin, so, wie für die meisten von uns eine Lokomotive Lokomotive heißt und ein Kran Kran.
Reubell am Kanal, damals: sicher hätte er versucht, die Hände als Trichter vor den Mund zu legen und zu rufen: Halloh oder Ahoj; aber dann setzt er sich doch bloß mit seiner Tasche unter die Weide am Ufer und grüßt mit der Hand zum Schleusentor hinüber, so wie es die Fischer gemacht haben, als es am Kanal noch Fischer gab.
Ein Damm ist gebaut worden, und die Fischer sind nicht mehr gekommen. Der Damm ist aus Bruchkalk gebaut worden, und es sieht so aus, als wäre hier immer schon ein Damm gewesen.

In Wirklichkeit hat es hier einmal Schilf gegeben, Wildenten, Bläßhühner und Hechte. Manchmal ist ein Stück Uferrand eingebrochen, aber die Fischer sagen nicht: Am Kanal gibt es keine Fische mehr. Sie sagen: Am Kanal kannst du nicht fischen.
Für die Fischer ist ein Eisschrank ein Frigidaire, und eine Uhr ist eine Omega, und das Jetzt ist das Immer, während sich das Schleusentor öffnet und einem Kahn den Weg freigibt. Der Kahn trägt in gelben Lettern den Namen der Firma: Sand & Kies.
Reubell ist aufgestanden und versucht, auf den Steinen aus Bruchkalk das Gleichgewicht zu halten.
Unter der Weide, da, wo er gesessen hat, ist der junge Bärlauch geknickt.
In einer halben Stunde wird der Kahn wieder vor der Schleuse stehen, beladen diesmal und tief im Wasser liegend, so daß man den Namen nicht mehr lesen kann.
Reubell hat damals mit dem alten Anstaltsgärtner im Zuchthaus Brandmoos Esperanto gelernt. Er hat mit dem Gedanken gespielt, einen anderen Namen anzunehmen, in Peru oder in Kamerun ein neues

Leben anzufangen, bei Null zu beginnen.
In Australien oder in Südafrika sehe ich ihn nicht.
Er hat sich gegen meinen Willen selbständig gemacht.
In einer Eisenwarenhandlung (hardware) hat er ein Blechschild gefunden. Jetzt hängt es an seiner Schlafzimmertür; weiße Buchstaben auf rotem Grund: EXIT, ein Wort aus der Esperantosprache.
Wenn ich nicht zu Hause bin, steckt Reubell eine Zigarette in meinen Briefkasten. Er steckt eine Zigarette ins Schlüsselloch, er versteckt eine Zigarette im Sicherungskasten, auf der Neonröhre, unter dem Bodenteppich, auf einer Holzleiste, im Suppentopf mit den Plastikblumen: Reubell, der eines Tages in der Stadt auftauchte, sich niederließ, als Uhrenmacher, als Möbelschreiner, als Maschinenbauer, was weiß ich, als Abtreiber, als Übersetzer.

9

Ich habe die Polsterstühle zum Überziehen gegeben, sagte die Frau des Lehrers. Ich habe sie Reubell gegeben; erinnerst du dich an Reubell?

Ich erinnere mich, sagte der Lehrer.

Ein Züricher Freund hat mir Ihre Adresse gegeben, hatte Reubell unter der Türe gesagt. In Deutschland sagt man Züricher Freund, nicht Zürcher Freund, glauben Sie mir. Ich komme direkt aus Zürich. Das Fraumünster steht noch, obschon ich dort ziemlich laut gesungen haben soll; aber sonst – es ist mir nicht einmal gelungen, eine Erkältung zu bekommen.

Reubell ist auch billiger als die Möbelgeschäfte, sagte die Frau. Er arbeitet schwarz, nach Feierabend.

Wieviel, denkst du, verlangt Reubell für einen Sessel?

Ich weiß nicht, sagt der Lehrer.

Ich stelle keine Ansprüche, hatte Reubell

damals unter der Türe gesagt. Ich brauche ein paar Tage Ruhe; vier oder fünf Tage. Ich lese Zeitungen und halte mich still; Sie werden mit mir keine Unannehmlichkeiten haben. Ich mag alte Zeitungen, Zeitungen vom Vortag, beispielsweise. Etwas als Neuigkeit zu lesen, an das die andern sich gerade noch erinnern, aber schon nicht mehr wissen: war das vor einer Woche oder erst gestern

Übrigens: Ihr Freund in Zürich wirft alte Zeitungen nicht weg; war das früher schon so?

Sie haben doch Leute wie mich aufgenommen, früher, vor Ihrer Heirat?

Wir essen um halb eins, Vater, sagte der Sohn des Lehrers. Um zwölf Uhr dreißig, wie deine Schüler sagen.

Vor einem Jahr bin ich in Düsseldorf weggegangen, hatte Reubell gesagt, und er hatte Düsseldorf beschrieben, vor allem den Dom. Der Lehrer war nie in Düsseldorf gewesen, aber er kannte den Dom in Köln. Köln, hatte Reubell gesagt; wie konnte ich bloß Köln mit Düsseldorf verwechseln. Ich bin ganz durcheinander. Ich brauche wirklich ein paar Tage Ruhe; zwei oder drei Tage.

Wenn du nur ein bißchen neugierig wärst, sagte die Frau. Ich erzähle dir, was passiert, und du willst nicht einmal hören, wie teuer ein Stuhl sein wird. Kannst du dich wirklich nicht an Reubell erinnern? Er wollte doch bei uns wohnen, damals.

Ich habe nur das Bündel da mitgenommen, hatte Reubell gesagt; Kram aus Colmar. Ich werde Sie auch in Ihrem Badezimmer nicht belästigen. Ich wasche mich nur, wenn meine Haut Wasser verlangt. Seife zerstört den Säuremantel der Haut und macht sie für Bakterien anfällig. Naturvölker, beispielsweise, waschen sich selten. Indianer, zum Beispiel. Haben Sie je gesehen, daß sich Indianer in einem Film waschen? Nur John Wayne wäscht sich in fast jedem seiner Filme.

Es ist ein leichtes Mittagessen, sagt die Frau. Ein Sommermittagessen. Es gibt nicht viel mehr als Suppe: bitte, willst du nicht wenigstens die Suppe essen?

Ich bin nicht sehr hungrig, sagte der Lehrer. Ich habe mir in der Neunuhrpause zwei

Brötchen holen lassen.
Du trinkst zuviel Kaffee, sagt die Frau. Wer soviel Kaffee trinkt wie du, kann ebensogut einen Menschen
und sie wurde rot im Gesicht und stand auf.
Der Sohn des Lehrers fing an zu lachen.
Ein Pferd, das sich selber beschlägt, kann ebensogut zu einem andern Schmied gehen, sagte er.

Gestern bin ich im Kino eingeschlafen, hatte Reubell gesagt. Ich bin um drei Uhr hineingegangen und um elf wieder herausgekommen. Vielleicht haben Sie den Film auch gesehen? Little Big Man. Ein Feigling wird bei den Indianern nicht verachtet. Er lernt, mit seiner Angst zu leben.
Der Lehrer hatte nicht gesagt: Ich habe den Film dreimal gesehen. Er hatte nicht gesagt: Eines Tages werde ich mit dem Sturmgewehr auf den Balkon gehen und auf die Liebespaare schießen. Er hatte von John Wayne gesprochen.
John Wayne hat nie Angst gehabt, hatte er gesagt; in keinem einzigen seiner hundert Filme. Schauspieler, die keine Angst haben: das mögen die Leute. Wenn sie aus

dem Kino kommen, fühlen sie sich ebenso mutig wie John Wayne; es ist eine Art Betäubung. Mit Ihrem Freund in Zürich, hatte Reubell gesagt, gingen Sie oft hin, um die Leute zu beobachten, die aus dem Kino kamen: die roten, munteren Gesichter, die raschen Bewegungen, die Feuerzeugflamme wie eine Stichflamme aus dem Colt.

Aber ich stehe hier unter Ihrer Tür und halte Sie auf, hatte er gesagt. Sie haben vielleicht Gäste, oder sie haben ein krankes Kind, oder Sie wollen nicht, daß Ihre Frau tagsüber allein mit mir zu Hause ist.

Also, Reubell verlangt zweihundert Franken, sagte die Frau. Bei Hubacher hätte es dreihundert gekostet; aber das interessiert dich ja nicht.

Das Haar weht, aber die Frisur hält, sagte der Sohn des Lehrers. Morgen Dactari, übermorgen Onkel Ben, am Sonntag Alle meine Tiere, und wir zu Hause haben jeden Tag unsere kleine, private Familienserie.

Nein, ich möchte auch keinen Blumenkohl, sagte der Lehrer. Ich möchte überhaupt nicht essen.

Seine Frau sah ihn mit ihren fröhlichen Witwenaugen an.
Der Lehrer nahm eine Schachtel Craven A aus der Tasche und fing an zu rauchen.

10

Am Schüßkanal kippen die Lastwagenführer Schnee, Colaflaschen und zertrümmerte Stühle übers Geländer der Quaibrücke.
Langsam zerstreut sich die Menge. An durchgeschnittenen Kabeln hängen noch die Lautsprecher, runde und viereckige, Lautsprecher aus Holz, aus Pappe und aus Blech. Bei Westwind und zwei Grad über Null führt der Kanal Hochwasser; das Tränengas ist nicht mehr zu spüren.
Im frühen Morgenlicht schlägt sich der Rauch aus dem Hochkamin der Müllverbrennungsanlage über der Stadt nieder. Bei Ostwind steht er als heller Streif vor dem Jurawald, und selbst die Nichtraucher riechen ihn nicht.
Im frühen Morgenlicht erinnert der Kanal an russische Landschaftsbilder. Schmutziger Schnee wird übers Geländer gekippt; das kannst du auch im Prospekt von Memphis, Tennessee, USA gesehen haben.

Eines Tages werden die Menschen in den Städten frei sein –
Ich weiß nicht, ob es in Memphis Schnee gibt; aber ich weiß, daß dort ein Mann erschossen wurde, weil er glaubte, was er sagte.
Eines Tages werden die Menschen in den Städten frei sein. Wenn sie frei sein wollen, werden sich die Menschen die Freiheit erkämpfen müssen.
Ratlose Touristen ziehen es vor, eine Fahrt ins Blaue zu buchen. In der Empfangshalle des Bieler Verkehrsvereins liegen sämtliche Prospekte im Vierfarbendruck auf.
Lord Byron hat mit Frankensteins Witwe Genf besucht.
Rousseau hat die Frau eines Winzers auf der St. Petersinsel getröstet.
Goethe hat auf seinen Italienreisen zweimal in Biel übernachtet.
Touristen schlagen nach: Goethe hat im Gasthof Krone gewohnt. Der Gasthof ist vor sechzig Jahren zum Ladengeschäft des Elektrizitätswerkes umgebaut worden; das Geschäft wird einem Jugendhaus Platz machen; das Jugendhaus wird einem Super-

markt Platz machen, mit Kühlraum und mit unterirdischer Garage, da, wo zu Goethes Zeit zum Beispiel ein einfacher Brunnen stand.

Touristen reden davon, wie schön das Städtchen gewesen sei, früher, als sich der Kleine Mann noch durch eigene Kraft hocharbeiten konnte, als noch nicht Mord und Totschlag in der Luft lag, als das Leben noch Inhalt und Sinn hatte.

So still war es früher, so still sei es gewesen; kein Verkehr, keine Verschmutzung von Phantasie und Wasser, keine Unzufriedenheit der Benachteiligten: eine idyllische Freiheit unter Gleichgesinnten.

Das ist die Ausgangslage des Verkehrsvereins.

Rousseaus fünfter Spaziergang wird in einer schönen Anglia neu gedruckt. Die Papierfabrik Biberist liefert holzfreies Papier mit nachempfundenen Stockflecken.

In der Kleinstadt findet der gehetzte Ausländer endlich die lang gesuchte Muße, übersetzt Reubell.

Er erscheint allerdings nicht immer pünktlich im Büro.

Oft bleibt er auf der Quaibrücke stehen und schaut den langhaarigen Fischern zu. Sie sitzen auf ihren Motorrädern am Geländer, halten die Rute unterm Arm und warten.
Für die Fischer ist Reubell der Mann, der oft auf der Brücke stehenbleibt und einen in braunes Packpapier eingewickelten Gegenstand mit sich herumträgt. Eines Tages wird er nach Amerika reisen, eines Tages wird er zurückkehren: ein Mann, der sein Paket nicht loswird.
Ende April setze ich ihn an einen Bürotisch im Verkehrsverein; Sonntags lasse ich ihn seinen Wein im Café Schott trinken. Er hat ein Paket auf die Fensterbank gelegt.
Die Menschen in den Städten werden –
aber schau die Fischer und ihre Freundinnen an, Reubell!
Sie tragen Uhren mit gelben Zifferblättern und mit bunten, breiten Armbändern. Sie tragen Lederstiefel und runde Sonnenbrillen, die vielleicht auch einem Trachtenmädchen in Leningrad gut gefielen. Sie werfen weg, was kaputtgeht. Brauchs und wirfs weg, hab Spaß und vergiß, zahls, trags mit und verliers. Du zweifelst? Du zweifelst, daß

die Freiheit mit dem Loswerden anfängt, weil es nicht möglich ist, etwas so loszuwerden, daß es ohne Auswirkungen bleibt?
Eines Tages werden die Menschen in den Städten frei sein. Du zweifelst?
Von der Dennerstraße heran kommen die Fahrer auf ihren Motorrädern, schalten, geben Gas, überholen die Stadtcamions auf der Quaibrücke, rutschen, die Füße im Matsch, durch die große S-Kurve vor dem Campingplatz.
Eine 150-Watt-Lichtmaschine ist im Deckel des Zündverteilers auf der Kurbelwelle montiert.
Die BSA läuft wirklich ohne Streßvibrationen. Sie läuft beinahe so leise wie Brüderchen Suzuki und Schwesterchen Yamaha. Du ziehst von 50 km/h ab wie eine Rakete; so, wie man einen Wasserhahn aufdreht, bei absoluter Laufruhe und ohne noch einmal zu schalten.
Auf dem Campingplatz rosten die Wohnwagen.
Die mit Fahnen geschmückten Abschrankungen zwischen ihnen sind weggerissen worden.

Aus dem frisch gefallenen Schnee ragt sekundenlang, vom Licht der Weitwinkelleuchte getroffen, ein zerbrochener Plastikeimer in strahlend lebendigem Rot.

11

Bei Westwind und zwei Grad unter Null wird das Treppensteigen in der Kirchgasse gefährlich. Die Altstadt ist nie von Bulldozern planiert worden; hier sind auch keine Bomben gefallen. Zur Zeit Napoleons wurde die Kirche als Pferdestall benützt, die Priester sind desertiert oder verschollen, die Mädchen sind geblieben, fünfzig Franken im Wagen.
Reubell geht bis zur Kreuzung Jurastraße–Kirchgasse, da wohnt er jetzt, in einem Wohnblock des Jahres 1960. Er kommt von einer Sitzung des Fischereiverbandes, die drohende Fischpest ist wieder erwähnt worden: neue, resistente Virenstämme, usw.
Der Fischer wird in der Taubenlochschlucht ein geradezu ideales Forellengewässer finden; dieser Satz muß nun vielleicht doch gestrichen werden.
Zu Hause angekommen, zieht Reubell die Schuhe vor der Wohnungstür aus. Manch-

mal steht er am Fenster und betrachtet die Aussicht, eine Baugrube, ein Eineinhalbmillionenloch.
Die Arbeiter tragen Ölzeug, Asbesthandschuhe und eine Gesichtsmaske. Das blaue, gebündelte Licht der Schweißbrenner steigt an den Betonwänden hoch, hüllt die Grube in einen blauen Schleier, der von oben nach unten sinkt und erst jetzt den Teergrund zu erreichen scheint. Rote Flammen lecken über den Grubenboden, durch Rauch- und Dampfwolken zucken die blauen Lichtstrahlen wie Blitze.
Ein Zivilisationsloch im Geburtszustand.
Reubell schließt die Fenster.
Er wird nicht schreiben: Die größten Löcher sind im zwanzigsten Jahrhundert gebaut worden. Er wird nicht von der Fischpest reden. Er wird den ozonreichen Jurawald loben und das rege Leben der Stadt. Er erinnert sich an die Worte seines Vorgängers. Bei anbrechender Dunkelheit verlassen die leichtgeschürzten Uhrmacherinnen ihr Bett und belieben sich am Arm eines Strabanzerbuben, oft gar des eigenen Ehemannes, in namhafte Cafés (vulgo Beizen).

Reubell wird einen andern Ausdruck finden, etwas Gefälliges, wie sein Chef meint: sexy, aber so, daß niemand in seinem Schamgefühl verletzt wird.
Reubell wird die skandinavischen, freiheitlichen Länder anführen. Zweimal ist er in Finnland gewesen.
Auch in Finnland gibt es gewisse Menschen, die eine gewisse Freiheit mißbrauchen, weil sie Freiheit wollen; Menschen wie du und ich, der Briefträger und der Zuhälter Hans, der aber in Finnland anders heißt. In den dunklen, fernen Regionen Helsinkis locken die Dirnen ihre Kunden an.
Frauen sind heute freie Geschöpfe und oft auch einsamer, als man glaubt, schreibt Reubell.
Vor uns, in der unwirklichen Altstadtnacht, liegt die fragwürdige Einsamkeit der Freier und Huren. Zurück liegt das in sanftem Wahnsinn Überwundene. Panik bietet sich als Wirklichkeit an, und über die Pole hinweg gehen Funkrufe und in Satelliten gespeicherte Kriegsberichte.
Reubell, der Fernseher, empfängt im Schatten des Juras die beiden Schweizer Sender.

Wenn einmal die Rediffusion mit ihrem Kabel in die tieferen Regionen der Stadt vorstoßen wird, kann ein Beamter des Verkehrsvereins auch die drei Deutschlandprogramme sehen.
Fernsehmenschen sind häusliche Menschen. Sie nützen Mobiliar und Teppiche weniger ab und bleiben dabei umgänglicher und ausgeglichener. Eines Nachts findet für die Einsamen unter ihnen SELEKTION den richtigen Partner.
Nein, Reubell hat ein Heiratsinstitut nicht nötig.
Er liebt Fräulein Doris, Fräulein Dolores und Fräulein Brigitte. Als Kind dachte er, Doris sei der italienische Name für den deutschen Namen Ruth. Inzwischen ist er nicht einsamer als jeder von uns, der im Lotto nicht mehr als drei Franken wagt.
Kann man behaupten, Reubell sei entschlußunfähig?
Doris hat einen schönen Körper, Brigitte liebt Puccini-Opern, Dolores ist früher Masseuse gewesen und arbeitet jetzt in der Kirchgasse.
Reubell geht seinen Abenteuern nach, ein

höflicher und wahrscheinlich korrekter Beamter. Er ist zäh und geduldig. Er bewacht eine Tür im Dunkel. Hinter der Tür lauern Feigheit, Angst, die nie geführten Gespräche. Reubell spricht es deutlicher aus, als mir lieb ist, weil er glaubt, daß das deutlich Ausgesprochene auch das Genauere sei:
Ich vögle dich auf der Gartenliege, Doris.
Ich stecke dich an der Weide im Stadtpark, Brigitte.
Ich sattle dich in deinem Schlafzimmer, Dolores.
Und dann, in die Geilheit, die Panik.
In den Begattungsschweiß die Ohnmacht.
Nach dem Ausbruch die Poren schließen; verletzen, um während einer Sekunde unverletzlich zu sein.
Zerstreut betrachtet Reubell bei anbrechender Dunkelheit Brigittes Erbstück aus sächsischem Kristall. Auf den Fernsehkasten gestellt, klingen sie bei gewissen Tönen mit.

12

Morgen landet die Boeing 747 bei jedem Wetter im Blindflug.
Die Rolling-stones stehen auf der Rolltreppe, geblendet vom Licht der vier Sunguns.
Der Beat ist tot, sagt einer von ihnen zu den Anwesenden.
Mut, rufen die Journalisten. Nur Mut! Es regnet!
Im Regen steht das Gerippe einer Boeing 747 auf der geborstenen Piste. Treibstoff und Schaumstoff duften im Regen. Regen verhilft Zäunen, Mauern und Häusern zu alter Bedeutung. Signale, Pfeile, Lichter und Farben werden erst im Regen wirksam.
Sei gegrüßt, Fremder! Willkommen in unserem Land, es ist besser als sein Wetter!
Reubell erwähnt dann doch die freundlichen Polizisten, die strammen Rekruten, die kontaktfreudigen Einwohner.
Hin und wieder fährt Reubell mit dem Zei-

gefinger der rechten Hand über die Tischplatte. Es ist eine Platte aus weißem Marmor, eine matt polierte Tischplatte mit blauen Tuscheflecken. Reubell fährt sich mit der linken Hand übers Gesicht und übers Haar.

Immer um halb fünf holt er seinen Mantel aus dem Schrank und verabschiedet sich von der Lehrtochter. Er stößt die Tür mit dem Fuß auf; unterm Arm trägt Reubell ein Paket.

Draußen geht der Regen in Schnee über.

Das Licht draußen ist das Licht der großeKlare-aus-dem-Norden-Reklame.

Die Straße ist eine durch Voreinweisungen gesicherte Einbahnstraße. Sie führt direkt in die unvergängliche, ewige Seligkeit, eine Straße voll ernstzunehmender Werbeversprechen: der TodistüberwundendieAngstistwegErfolgmachtfrei.

Ihr entlang gehen die angstfreien Helden, die krebsfesten Verbraucherstars, die Jasminphantome mit Wegwerfscheide, von Kopf bis Fuß cashandcarry, während auf dem Friedhof im Eisenbahnerviertel ein Mann in Bluejeans den Schnee auf Band aufnimmt.

Das im Lautsprecher verstärkte Geräusch fallenden Schnees gleicht den Einschlägen automatischer Handfeuerwaffen, am ehesten dem Splittern einer finnischen Maschinenpistole, und im Qualm der wartenden Dieselzüge sitzt der Mann neben seinem Tonbandgerät, hört dem Schnee zu und liest Dale Carnegie, der in seinem Bestseller mitteilt, wie man Freunde gewinnt.
Alles ist mitteilbar.
Nichts ist mitteilbar.
Die Gräber liegen unterm Schnee, die Toten werden jeden Morgen vor den Schneepflug gespannt, sind in den Zügen steckengeblieben, auf Autobahnen erfroren, verschüttet, verhungert, erschlagen, gefoltert, erschossen, verschollen, weggeschossen ins Weltall, auf eine Umlaufbahn in der unendlichen Abfallgrube.
Ein Ring aus Dreck schließt sich um den Planeten, aber noch immer spricht in einem Hochhaus der abgeschnittenen Stadt ein staatlich konzessionierter Tanzlehrer von Soul.
Aus dem offenen Fenster singen die Rollingstones: der Beat ist tot. Schwaches Licht liegt

über den Straßenschluchten.
Die Motorradfahrer gehen mit weit gespreizten Beinen in die Kurve vor dem Bahnhofsareal; ein paar hundert von 4,5 Milliarden Leuten in der labyrinthischen Stadtlandschaft von morgen.
Seid uns willkommen, Touristen!
Noch ist es möglich, die Startbahnen zu räumen. Trotz ihrer Größe braucht die 747 keine längere Bahn als die 707. Ein Hinweis für Kinofans: in jedem Salon werden Filme auf Breitwand gezeigt. Dazu gibt es zwölf Waschräume und mehr Stewardessen als je zuvor.
Und wieder eine Stunde gewonnen
Und wieder eine Stunde gewonnen
Und wieder eine Stunde gewonnen
Und wieder eine Stunde gewonnen

13

Der Mann am Boden sagte zu dem Mann, der vor ihm stand: Sie sind Berner, schon im Café drüben habe ich Ihren Dialekt erkannt; berndeutsch, ganz eindeutig berndeutsch, daran ist kein Zweifel.
Der Mann, der vor dem Mann am Boden stand, sagte nichts. Selbst in dem dunklen Durchgang war sein blaues Hemd blau. Das Ende der Fahrradkette, die er in der Hand hielt, machte am Boden ein leise schleifendes Geräusch.
Ich habe auf Grasshoppers getippt, sagte der Mann mit der Fahrradkette. Er stieß den Mann am Boden mit dem Fuß. Grasshoppers war ganz klar Favorit bei dieser Hitze.
Ein prima Spiel, sagte der Mann am Boden. Wer hätte an ein 1:1 gedacht. Ihre Mannschaft hat sehr gut gespielt.
Meine Mannschaft sind die Young-Boys, sagte der Mann mit der Fahrradkette. Noch vor einem Jahr hätten sie gegen Grasshop-

pers gewonnen.
Sie haben sich Mühe gegeben, sagte der Mann am Boden. Es ist ihnen nicht ganz nach Wunsch gelaufen; aber sie haben gemacht, was sie konnten. Im Toto wird es keinen einzigen Dreizehner geben, glauben Sie mir. Mit einem Zwölfer kommen sie diesmal gut weg. In solchen Spielen kann alles passieren, wissen Sie. Neben der Tagesform spielt da sehr oft das Glück eine große Rolle.
Mann-zu-Mann-Deckung, das war die Young-Boys-Parole, sagte der Mann mit der Fahrradkette. Damit haben wir die Grasshoppers überrascht, und er stieß den Mann am Boden mit dem Fuß. Grasshoppers ist die bessere Mannschaft, sagte er. Es ist die bessere Mannschaft, seit einem Jahr.
Ihr Gantner war prima, sagte der Mann am Boden und rutschte einen halben Schritt weg. Manchmal hinkt er noch, das sieht ein Blinder; trotzdem hat er für die Young-Boys das Spiel gemacht, Knie hin oder her.
Was hältst du von Moiron? fragte der Mann mit der Fahrradkette und rückte einen halben Schritt näher. Was hältst du von dem?

Hören Sie, sagte der Mann am Boden. Ich gebe Ihnen gerne, was ich auf mir habe; es sind ungefähr dreihundert Franken. Jeder von uns kann einmal in die Lage kommen, in der er Geld braucht. Ich verstehe das. Nehmen Sie mein Geld, nehmen Sie es, und ich verspreche Ihnen, daß ich Sie nachher nicht anzeigen werde, Ehrenwort, unter Sportsfreunden.

Wir haben Moiron von euch Bielern gekauft, das weißt du ganz genau, sagte der Mann mit der Fahrradkette. Wir haben einen Star gekauft, einen Star.

Der Mann am Boden drehte sich gegen die Wand und legte den Arm übers Gesicht.

Das machen die Young-Boys, sagte der Mann mit der Fahrradkette. Sie kaufen abgetakelte Größen, sie kaufen Leute, die aus der Erinnerung an vergangene Zeiten leben. Unter den Jungen gibt es neue Talente, Spieler, die man formen kann, Spieler mit Hoffnung und Ehrgeiz; aber die Young-Boys müssen ausgerechnet Moiron kaufen. Ihr habt ihn nicht mehr brauchen können, und wir haben ihn euch abgekauft, so ist das. Er stieß dem Mann am Boden den Fuß ins Ge-

sicht, einmal und noch einmal.
Bitte, sagte der Mann am Boden plötzlich sehr leise; ich habe mit Fußball nichts zu tun; wirklich nichts, ich schwöre es Ihnen. Ich verstehe nichts von Fußball. Ich dachte –
Das ist es ja, sagte der Mann mit der Fahrradkette. Genau das ist es: hier versteht keiner etwas von Fußball. Ihr habt einen Club, kauft die falschen Spieler ein und verkauft sie dann an uns.
Nein, sagte der Mann am Boden. Nicht schlagen, bitte, nein, nein, nein
Nein, ich bin nicht in der Lage, den Mann zu beschreiben, der um zehn nach elf aus dem Durchgang an der Kirchgasse kam. Wie soll man es unterbringen, alles, was auf einen einstürzt, Angst und Keuchen, das Sausen der Kette und das platzende Fleisch und das Mitleid, das einen vor dem Gefolterten nicht rechtfertigt, sondern verleugnet.
Es waren zwei Männer, es war zu dunkel, Schreie im Dunkel, Schläge, Schreie. Kann man denn wissen, ob jemand das Unglück hat, Reubell zu heißen?
Alles, was ich sagen kann, ist, daß der Mann, der aus dem Durchgang vor unserem Haus

kam, ein blaues Hemd getragen hat. Am Brunnen reinigte er die Hosenstöße mit seinem Taschentuch. Und ja, ich erinnere mich, beim Weitergehen hat er gesungen. Er sang das Lied: sag mir quando quando quando

14

Meine Mutter ist heute noch ebenso begeistert von Beethoven wie zu der Zeit, als Vater bloß die Reden lobte.
Wenn man denkt, sagte sie, daß Beethoven taub war.
Damals kannte ich dich noch nicht, Reubell, als der Krieg zu Ende war und Radio Bern den Hörern erklärte, warum die Anschaffung neuer Uniformen für die Schweizer Armee unumgänglich sei, da man doch aus dem Krieg der andern etwas gelernt habe, Chirurgen nämlich so gut wie Schneider.
Mit Beethoven war auch die andere Stimme verstummt, die Stimme von Europa eins, und Vater fand, das Telefonrundspruchprogramm sei langweilig geworden: immer die fünf gleichgeschalteten Stationen, sagte er, als er einen Prospekt der Firma Philips nach Hause brachte.
Unter den möglichen Farben Palisander, Esche, Mahagoni, Eiche und Buche wählte

er Buche, weil Eiche nicht zum Buffet gepaßt hätte; weil Esche sich nach wenigen Monaten gelb verfärben würde; weil Namen wie Palisander und Mahagoni sich von selbst erledigten und daher als Farbton auch nicht in Frage kamen.
Das neue Radio hatte Lang-, Mittel- und Kurzwellen.
Es kam vor, daß Vater einen Sender suchte, abends, wenn wir um den Tisch saßen, und beim Suchen erwischte er einen Fetzen klassischer Musik.
Oh! rief meine Mutter und fing an zu pfeifen, ein Thema, das das eben gehörte Thema hätte sein können; und nicht immer hat sie sich getäuscht.
Ich erinnere mich an den Streit, wenn Vater auf eine unvermutete Fußballreportage stieß; ich erinnere mich an Wortgefechte und an zorniges Schweigen.
Ich erinnere mich aber auch an die plötzliche Heiterkeit, die zu einem offenen Lachen wurde, wenn wir zugaben, daß wir uns selber komisch fanden.
Damals war ich oft krank, und wenn ich krank war, lag ich auf dem Divan, den meine

Mutter zu einem Bett umgebaut hatte und schaute zu, wie draußen das Licht verging.
Das Radio warf einen durch die Wellenskala gefilterten Schatten auf den Tisch, auf den Boden und auf meine Hände; Schatten aus Lisboa, aus Luxemburg und aus Dresden.
Ich las die Namen; mit dem Bekannten fing ich an, und mit einem Ort, von dem ich nie gehört habe, hörte ich auf: mit Droitwied.
Manchmal waren es auch nur Abkürzungen.
Ich wußte, daß man nicht Be Be Ce sagt, sondern Bi Bi Si; aber statt En We De Er sagte ich dann auch En Döbliu Di Ar.
Man sagt En Döbliu Di Ar, sagte ich zu Maria, und es bedeutet vielleicht Nordwestdeutscher Rundfunk.
Maria saß am Rande des Lichtscheins, das Gesicht ganz im Schatten.
Maria war unsere Haushalthilfe; die kam nur zu mir, wenn wir allein zu Hause waren.
Damals ging alles ganz ohne Bekenntnisse.
Wenn ihr Magen knurrte, sagte Maria: Die Kinder schreien.
Und das erstemal hat sie gesagt: Wenn man sitzt, dann liegt man bald.
Was denkst du? fragte sie einmal; aber ich

war sechs Jahre jünger als sie und sagte: Ich denke an die Tiger.
Ich habe Maria nie etwas anderes beschrieben als die Lautlosigkeit der Tiger, als ihre in zuviel Fell verpackte Kraft.
Ich mag ihren Geruch, den man, weil einem nichts Vergleichbares einfällt, als Raubtiergeruch bezeichnet.
Innen am Bauch sind die Tiger weiß, sagte ich zu Maria; nicht bananenfarben, nicht isabellfarben; weiß.
Als Maria wegging, zog ich in ihre Dachkammer und kaufte mir einen eigenen Radioapparat, ein Radio-Grammomöbel.
Maria hatte nichts vergessen und nichts zurückgelassen. In seiner aufgeräumten Leere war das Zimmer voll von stillgestandener Zeit. So, wie es nie bewohnt gewesen schien, so unbewohnbar kam es mir für alle Zukunft vor.
Ich fing an, die Tiger zu vergessen und nächtelang Radio zu hören; in den Schallplattengeschäften gab es nur Dixieland und Millerswing zu kaufen.
Heute würde ich gerne den Männern von damals zuhören; ich stelle sie mir vor, Groß-

väter, die in einer heruntergekommenen Spelunke sitzen und ›Do you know what it means‹ oder ›Basin street blues‹ spielen – aber in der Zeit nach dem Krieg hatten wir angefangen, die Voice of America zu hören und alle Platten, die in der Zeitschrift Down Beat mit vier oder mit fünf Sternen ausgezeichnet waren, in New York zu bestellen. Manchmal warteten wir acht Wochen auf eine Sendung. Dann saßen wir, meine Freunde und ich, am Samstagnachmittag in der Kammer und redeten über das Neue, das wir gehört hatten. In dieser Kammer war es immer Samstag.

Heute, ja; heute ist es anders, Reubell.

Heute

Später

Nach vielen Jahren

Die Verzerrung, der Riß, der Bruch in der Zeit

Und das Meer gab die Toten, die darinnen waren; und der Tod und die Hölle gaben die Toten, die darinnen lagen.

Ist es diese längst vergangene Zukunft, das, was uns zugestoßen ist?

Ich habe einen Lenco L 85-Plattenspieler

und einen 170-Watt-Pioneer-Verstärker. Hin und wieder treffen wir uns bei mir zu Hause. Du bist nicht stehengeblieben, sagen die Freunde, weil wir nicht zugeben, was uns zugestoßen ist.
Wir stülpen uns Kopfhörer über, Helme aus Leichtmetall und hören Sugar Cane Harris und Sun Ra; jeder auf seiner Insel.
Die Musik dröhnt in den Ohren. Es ist, als ob die Musiker hinter dir stünden, gerade nicht mehr in deinem Blickfeld; so, als müßtest du nur den Kopf drehen, und der Riß in der Zeit wäre zu sehen wie eine offene Bühne mit dir selbst als einem andern, mit Tigern, Akrobatinnen, Kaufleuten, Saxophonisten und einem auf dich zurasenden, schwarzen Kinderwagen.

15

Es gibt Fragen, die Sie sich selbst zu stellen verbieten, sagt Reubell am Telefon; Fragen, die Sie erschrecken; Fragen, die Sie nicht aushalten.

Die Arbeit wird ziemlich lange dauern. Sie haben doch wohl ein Gästezimmer?

Am andern Morgen steht er vor der Tür.

Du wirst ihn hereinbitten.

Danke, ich kenne den Weg, sagt Reubell, und er geht dir voran, durch die Tür, durch die Diele, die Treppe hinunter ins Wohnzimmer; so, als wäre er immer hier zu Hause gewesen.

Was möchten Sie trinken? fragt er und greift sich, ohne hinzusehen, die Flasche Dimple-Scotch.

Nein, Partagas-Zigarren sind mir zu schwer, sagt er; danke. Ich rauche lieber eine Bela-Cubana, dort, die unterste Schachtel auf dem Glastisch.

Du bist erschrocken, daß da nun auf einmal

die Schublade offensteht, an die du dich nicht erinnerst. Reubell hat sie geöffnet und blättert in den Papieren, in Briefen, in Notizen. Hier sind zunächst die Dinge, sagt er, die Sie vor andern geheimhalten: daß es in Ihrem Leben vierundzwanzig Frauen gegeben hat, oder daß Sie sich nicht vorstellen können, Ihre Wohnung mit fremden Mietern zu teilen, oder daß Sie vierzigtausend Franken unversteuertes Vermögen besitzen –
Dann aber auch: daß Sie erleichtert waren, als sich neulich die automatische Türe in dem Restaurant, in dem Sie zu Mittag essen, vor Ihnen nicht geöffnet hat.
Glauben Sie mir: das Gefühl, nicht wirklich vorhanden zu sein, gehört zu jenem andern Gefühl: daß man alles schon einmal erlebt hat.
Ohne dieses Gefühl hätte nie jemand versucht, die Welt in einer Enzyklopädie aufzubewahren, ihr eine Geschichte zu schreiben oder sie einem inneren Bild gleichzumachen. Ihre Zweifel kann ich Ihnen nicht abnehmen; aber vielleicht die Verzweiflung, nicht mehr reden zu können, nicht mehr reden zu wollen. Sie haben in Wirklichkeit die Hoff-

nung, ein anderer zu werden, noch nicht aufgegeben; und Reubell beginnt zu lachen. Zuerst, sagt er, werden Sie allerdings versuchen, mich loszuwerden; so fängt fast jede Freundschaft an.

Von jetzt an wird Reubell du zu dir sagen. Übrigens, deine Bestechlichkeit gehört nicht hierher, wird er sagen. Sie gehört nicht zu den Dingen, die du bloß vor andern geheimhalten möchtest.

Warum hast du jetzt, wo du doch weißt, daß wir zusammenbleiben, das Zündholzbriefchen vom Tisch genommen und in die Tasche gesteckt? Nur weil der Name des Restaurants draufsteht, in dem du dich gestern abend mit deiner Freundin getroffen hast?

Ich finde den Namen lustig, den du ihr gegeben hast. Dynamo! Ein wirklich lustiger Name. Schade, daß du von Fußball nichts verstehst. Von Fußball verstehst du doch nichts, wie?

16

Er trinkt ein Glas Wein, sagte François.
François kann meinen Namen nicht aussprechen.
Seine Frau stellte zwei Weingläser auf den Küchentisch.
Solange wir trinken, setzt sie sich nicht zu uns; so war es schon vor zwei Jahren und im vorigen Jahr und jetzt wieder.
Sie wird am Herd stehenbleiben, den Vorhang aus Sacktuch hochheben und die Hühner, die im Schatten unter dem Feigenbaum herumscharren, beobachten.
Wo ist das Brot? fragte François.
Ich weiß nicht, Patron, sagte seine Frau. Ich habe es auf die Biscuitbüchse gelegt.
Trinken wir, sagte François unschlüssig. Auf dein Wohl.
Auf das Ihre, sagte ich.
Manchmal gieße ich gleich Wein nach; manchmal warte ich, bis die Gläser leer sind, je nachdem.

Hat Ihr Sohn noch immer sein zahmes Frettchen? fragte ich.
Du kommst aus der Schweiz und erinnerst dich an das Frettchen, sagte er.
Du bist aber auch nicht älter geworden, in diesem Jahr.
Bei uns zu Hause gibt es keine Wildkaninchen, die man mit Frettchen jagen könnte, sagte ich.
Bei euch gibt es Hasen, sagte er. Dort ist alles geordnet, und der Jäger braucht ein Patent. Vielleicht ein bißchen zu viel Ordnung für dich?
Ich weiß nicht, Patron, sagte ich. Man versucht, sich daran zu gewöhnen, und wenn man sich an die Ordnung gewöhnt hat, fängt man an, selber Ordnung zu verlangen.
Nun ja, sagte François und verzog sein Gesicht. Er hat zu wenig Atem, um laut zu lachen.
Dir fehlt das Selbstvertrauen, sagte er.
Er schreibt immer noch an seinem Buch, sagte er zu seiner Frau.
Ich habe einem Freund von dem Gasangriff an der Marne erzählt, 1915, an der Marne, als Ihre Lunge kaputtging, sagte ich.

Das war an der Somme, sagte François, 1916, und er lachte in sich hinein. Jetzt ist unser Sohn im Militärdienst, in einem Camp bei Orange; als wäre die Welt stehengeblieben, sagte er. Wo ist sein Brief, Séverine?
Ich weiß nicht, sagte die Frau.
Sie weiß es nicht, sagte François. Dann also, auf dein Wohl.
Wir hoben die Gläser, und diesmal trank er sein Glas aus.
Ich bin gerne hier, Patron, sagte ich. Ich fühle mich wohl. Ich habe nicht das Gefühl, reden zu müssen, wenn Sie schweigen. Wissen Sie: dieses hastige Reden aus Verlegenheit und mit gepreßtem Atem.
Dann erzählst du also den Leuten nicht, daß mein Wein sauer ist, weil ich die Fässer nicht mehr sauber halten kann, sagte François.
Ich habe erzählt, daß Sie als Kriegsverletzter eine Monatsrente von dreihundert Francs erhalten, sagte ich. Ich habe erzählt, daß Sie im Winter 1916 eine Wirtshaustüre ausgehängt und damit eine Falle für die Wacholderdrosseln gebaut haben. Ich habe erzählt, daß Sie mitten im Gaskrieg wegen Tierquälerei zu scharfem Arrest verurteilt worden sind.

Les grives, sagte François; das sind alte Geschichten. Es hat keinen Sinn, davon zu reden. Es ist schlechte Magie. Wenn Raoul nicht wäre, hätte ich das alles vergessen. Ich werde dir seinen Brief vorlesen, morgen oder übermorgen.
Ich kann das nicht, sagte ich; ich kann es nicht glauben, daß man nichts lernt.
Vielleicht, sagte François; du bist ein Schriftsteller. Vielleicht hast du recht, vielleicht darf man das nicht einfach hinnehmen. Raoul erzählt der Kellnerin in der Kantine, was in dem Brief stehen soll. Sie hat eine sehr leserliche Handschrift, aber wenn sie nicht richtig zuhört, schreibt sie doch nur, was sie selber verstanden hat. Bei dir ist das anders. Hören die Leute dir zu, wenn du etwas erzählst?
Ich kann zuhören, sagte ich. Ich bin ein guter Zuhörer. Aber dann sollte ich doch auch einmal eine Antwort geben, oder es müßte mir eine Frage einfallen; etwas, das die Leute neugierig macht. Wenn sie nicht neugierig werden, hören sie auf, zu erzählen, und man wird müde und gereizt.
François öffnete die Hose und pißte in

den Kübel, der unter dem Küchentisch stand.
Daran habe ich nicht gedacht, sagte er, daß es für einen Schriftsteller wichtig ist, zuhören zu können, damit die Leute auf seine eigenen Geschichten neugierig werden. Hört man dir zu, wenn du von mir erzählst?
Ich erzähle auch von mir, wenn ich von Ihnen erzähle.
Ich habe dich etwas gefragt, sagte François.
Einmal hat mir einer zugehört, ein Elsässer.
Ein Freund, ein wirklicher Freund? fragte der Patron.
Ja, ich habe mich damit abgefunden, sagte ich.
Jetzt war wieder nur sein Atem zu hören, ein langsames und beschwerliches Atmen.
Vielleicht möchte er lieber, daß du von dir erzählst, dein Freund; was meinst du? Ich glaube, du solltest von dir erzählen. Ich glaube, du solltest erzählen, was dich angeht; worauf du wartest, zum Beispiel; die Ahnungen, die Gemeinheit und die Sehnsucht. Ich glaube, es sollte alles eins sein, was einer tut und was er lebt. Trinkst du noch ein Glas Wein oder lieber Pastis?

Wein ist mir lieber, sagte ich.
Séverine nahm die Flasche vom Tisch und füllte sie aus der Korbflasche auf dem Herd wieder auf.
Du solltest deine Mütze anziehen, François, sagte sie.
Der Patron friert am Kopf, sagte sie zu mir und setzte ihm die karierte Schirmmütze auf. Wenn ich ihn am Abend ins Schlafzimmer schiebe, und die Mütze fällt herunter: dann sollten Sie hören, wie er mit mir schimpft.
Sie verzog ihr Gesicht und schaute ihn an, und beide fingen an, leise in sich hineinzulachen.

17

In dieser Jahreszeit gibt es hier keine Touristen mehr, oder doch nur noch so wenige, daß man sich später an ihre Gesichter erinnert.
Am Morgen hängt der Nebel in Schleiern über dem See, schon durchsichtig, und um halb elf kommt die Sonne. Auch wenn es windstill ist, werden die Töne hin und her getragen, von einem Ufer zum andern.
Vom Schiff aus sieht man die Autokolonne auf der vierspurigen Bahn. Manchmal wird man von einem auf Chrom aufblitzenden Licht geblendet. Unwillkürlich schließt man die Augen, aber die Blendung ist eingebrannt, ein pulsierender, roter Riß.
Wir werden um Viertel vor eins in Estavayer anlegen. Der Kapitän und der Bootsmann werden Mühe haben, den Steg auszufahren. Wie oft habe ich das schon gesehen, Reubell: den Damm mit den handbreiten Rissen, die eingerammten Pfähle, die ersten, auf Auto-

reifen stehenden Fischerhütten mit den zum Trocknen ausgebreiteten oder aufgehängten Netzen.

Später im Herbst oft Wind, manchmal Regen oder Nebel. Die Wärme in den Kleidern, wenn ich aus dem Hotel Fleur de Lys ins Dunkel hinaustrete und mit dem letzten Kursschiff nach Neuenburg zurückfahre. Die Spiegelungen im Wasser, die Trunkenheit, ein Schwanken, das nur ich allein bemerke, weil ich mich sehr aufrecht halte, wenn ich betrunken bin; weil ich sehr langsam und deutlich spreche, wenn ich betrunken bin; auch lauter als sonst. Das Gefühl, ein anderer zu sein, und dann das Wissen, daß man immer nur das Passende getan hat; lebenslänglich. Die fast heitere Erkenntnis des Versagens aus Feigheit. Dieses Leben wie aus der Erinnerung: einzelne Bilder, in der Bewegung erstarrt.

In der Erinnerung gibt es keine Handlungsfreiheit. Was weiß sie noch von den rasch wechselnden Gefühlen, von der plötzlichen Angst, von dem Aufruhr, ja, und auch von Stoßgebeten?

Wie war das damals, Reubell? Diese In-

schrift, mit Kugelschreiber auf den Rücken eines Mädchens geschrieben?
Heute ist der erste Tag der Tage –
Erinnerst du dich?
Eine Posterinschrift, hatte damals der junge Mann gesagt.
Haben die beiden wirklich versucht, über den See zu schwimmen? fragte mich der Gerichtspräsident. Glaubt der Zeuge wirklich, daß Touristen, Amerikaner, versuchen könnten, den See schwimmend zu überqueren?
Sie sind aufgefischt und an Bord genommen worden, sagte ich; zuerst der Mann, dann das Mädchen. Der Rücken des Mädchens war mit Kugelschreiberzeichnungen bedeckt; mit Zeichnungen und mit Inschriften.
Der Zeuge war total betrunken, sagte der junge Mann.
Es gibt nur *eine* Wahrheit, sagte der Gerichtspräsident. Wir kennen sie, und wir haben nach ihr zu handeln.
Das Mädchen June ist erwürgt oder ertränkt worden, sagte ich, und ich versuche zu verstehen, was geschehen ist, damals. Ich versuche zu verstehen, warum einer kämpft und

warum er aufgibt. Wenn es nur die eine Wahrheit gibt, will ich nicht Ihr Zeuge sein. Sie sind ein lächerlicher Mensch, sagte der Gerichtspräsident. Verstehen Sie nicht, daß die Wahrheit unveränderbar ist, in jeder Gesellschaft unveränderbar?

In der Nacht, als ich mich von meiner damaligen Freundin trennen wollte, wurde sie schwanger, sagte ich. Wir haben geheiratet. Später hat sie sich scheiden lassen.

Der Gerichtspräsident schlug mit der Faust auf den Tisch, die Zuhörer lachten, und der Angeklagte sagte: Er ist auch jetzt wieder betrunken.

Das Urteil wird seine Angst auslöschen, und auch vor sich selbst wird der Angeklagte seinen Mord jetzt ohne die geringste Unruhe rechtfertigen. Er wird sich damit abfinden, das zu sein, was das Urteil ihm vorschreibt: ein Mörder.

Ich erinnere mich an sein Gesicht. Ich erinnere mich auch an das Gesicht und an den Körper des Mädchens; an seinen Rücken; an die Kugelschreiberschrift zwischen den Schulterblättern: Heute ist der erste Tag der Tage, die dir zu leben bleiben.

Gleich werden die Flugzeuge da sein. Sie tauchen über dem Jura auf, Mirages. Dann, gleichzeitig mit dem Motorenlärm, die ersten Einschläge im Zielgebiet bei Forel; direkt am Strand, in einer unberührten Gegend mit viel Schilf.
Wer über den See schwimmt, wird bei Forel an Land gehen, und wenn bei Forel jemand erschossen würde, wäre es nicht Mord, sondern Zufall.
Forel, ein militärisch gesperrtes Gebiet; das Wasser ist dort noch sehr sauber.

18

Sie kommen von den Dreharbeiten ins Dorf zurück, ein wenig englisch können sie auch schon: yes, yes, no, – genug, um in einem schlechten Americano-Western ihre Statistenrolle zu spielen; Zigeuner aus der Gegend von Almería, als Mexikaner verkleidet. Ein Zigeuner mit kräftigem Bartwuchs bekommt eine Extraprämie von tausend Peseten in der Woche. Am Samstagabend, nach dem fünften oder sechsten Tio Pepe, fängt er an zu singen, das Lied aus dem Bürgerkrieg: los quatro generales.
Ein Fremder am Nebentisch ist aufgestanden und verläßt, ohne sich umzusehen, die Bar. Der Sänger ist erschrocken. Er hätte die erlaubten Strophen zur erlaubten Melodie singen sollen: los quatro muleros, das Lied eines Republikaners.
In der ersten Nachkriegsauflage von Knaurs Lexikon wird bloß die gleichnamige Stadt erwähnt, eine Stadt von damals 70 000 Ein-

wohnern, eine Stadt mit Schwefel- und Bleigruben: Lorca.
Er hat Wasser aus einem offenen Brunnen getrunken, der Republikaner, und er ist krank geworden, man kann es in seinen Briefen nachlesen: eine Zigeunerkrankheit.
Er hat an einem Gedicht geschrieben, Lorca, als er krank wurde, und er spürte, wie krank er wurde, während der Entwurf mißlang.
Seine Zunge schwoll an und wurde taub, während er an seinem Gedicht saß. Die Beulen in seinem Mund brachen auf, das Zahnfleisch löste sich von den Zähnen, die Lippen wurden eitrig und fingen an zu bluten.
Ein Gesicht, das zur Schnauze wird.
Ein Tropfen Blut fällt aufs Papier, und noch einer: braunes, klebriges Blut. Er kann nicht mehr essen, er schiebt sich einen Strohhalm in den Blut- und Schorfklumpen, da, wo einmal Lippen waren. Er ernährt sich von Ziegenmilch, er liegt in einem Stuhl am Fenster, das Blatt ist ihm entglitten.
Er hat die Augen geschlossen, er lauscht: Meer und Wind, die Bürsten der Anstreicherinnen, das leise Gespräch der Besucher; aber stärker sind die überlauten Geräusche

des eigenen Körpers: das Pochen des Blutes, das Schlucken des Speichels.
Ja, Reubell, es wird lange dauern. Es ist eine Seuchenkrankheit, eine Art Maul- und Klauenseuche, eine Zigeunerkrankheit eigentlich.
Wie ist es dazu gekommen?
Hast du in einem Juradorf Wasser getrunken?
Weißt du nicht, wie gefährlich auch bei uns die offenen Brunnen sind?
Die spärlich fließenden Quellen, die Schmelzwasserbehälter, die verseuchten Regenwasser-Zisternen?
Wenn die Straßen des Mittellandes und der vorderen Juraketten längst vom Schnee befreit sind, bleibt der Weg zum Chasseral noch unbefahrbar, und die Dörfer leiden unter Wassermangel; hast du nicht selbst diesen Satz ins Französische übersetzt?
Es wird lange dauern, Reubell, ein sehr langsamer Prozeß mit ungewissem Ausgang; Vitamin A und D, später auch eingekochte, stark gezuckerte Früchte.
Die Besucher reden wenig, du bist ein guter Zuhörer geworden.

Manchmal möchtest du widersprechen; aber ein wenig später weißt du nicht mehr, was du hättest sagen wollen.
Ist das das Unerträgliche?
Ist es nicht unerträglicher, reden zu dürfen und mit seiner Rede doch nichts auszurichten?
Wie, man sollte dankbar sein? Für ein Verbot dankbar?
Denkst du an das Lied des spanischen Republikaners, Reubell? An das Lied:
Ohne essen
dies habt ihr uns geboten
ohne sprechen
denn alles war verboten
– sin hablar: pues todo estaba prohibido –
Die Anstreicherinnen, zwei Frauen aus Nijar, haben das Haus gekalkt. Ein Haus, aus Erde gebaut, ein frisch gekalktes Grab, in dem Lorca liegt.
Die Anstreicherinnen haben ihre Bürsten ins Kalkbad getaucht, die Mauer aus Erde saugt die Feuchtigkeit unter ihren Händen auf, eine dünne, schon staubtrockene Kalkschicht schließt die Risse, die Ritzen.
Das Peitschen, das Schlurfen, das Sausen

und Kratzen der Wedel, der Bürsten; die eingemauerten Skorpione; die Stille. Ein Grab das Haus, ein blendendweißes Grab.

Von Lorcas Gedicht ist uns nur der Anfang überliefert worden; mündlich, nach dem Bürgerkrieg:

Flügelflattern, Rauschen, das Geschrei,
da fliegen sie auf, die Gedanken, und
Dreck bleibt zurück.

Guano, Reubell, Vogeldreck, stickstoff- und phosphorsäurehaltig; Guano ist ein spanisches Wort.

Du siehst das beladene Schiff, die Matrosen mit amerikanischen Gasmasken, den Kapitän, wie er aus seiner Sauerstoffzelle Anweisungen gibt. Ein Schiff mit einer Ladung Vogeldreck an Bord.

Du siehst das seifige Holz und sofort auch die Kompanien von hegenden Förstern, die es geschlagen haben: Männer mit Wickelgamaschen, die Axt in der Hand, an der Leine den Vorstehhund. In Knaurs Lexikon steht er zwischen Vorsteherdrüse und Vorstrafe.

Flügelflattern, Rauschen

Schau sie an, die Ahnungslosen, wenn sie den Mund aufmachen, beim Gähnen, beim

Essen, beim Reden, beim Lachen.
Da fliegen sie auf, die Gedanken
Kannst du sie dir vorstellen, die lebenslänglich Verbannten, die das Schiff an den Küsten des Stillen Ozeans beladen? Ihre verzweifelten Briefe werden von den zuständigen Regierungsbeamten mit der Feuerzange hinters Haus getragen und ungelesen verbrannt.
Während sich die Inseln allmählich unter dem schneeweißen Vogeldreck zersetzen, landen die Guanoschiffe in verlassenen Häfen und doch nicht weit entfernt von menschlichen Siedlungen. Dort, in den bewohnten Städten, arbeiten Generationen von Hausbesitzern in Astbesthandschuhen verbissen am wintersicheren Gartengrill. Über fleißigen Briefmarkensammlern ballt sich der unerträgliche Geruch, den sie noch nicht wahrnehmen wollen unter ihrer Glocke aus Intim-Spray, aus Abgasen und aus Rauch.
Guano, ein blindmachender, ein Stoff, der seinem Namen eine finstere Kraft gibt; Guano.
Und Dreck bleibt zurück

Im August sind Lorcas Fenster noch immer geschlossen. die Leute, die das Haus betreten, flüstern; Besucher, Bauern, die Kaktusfrüchte bringen, ein Glas Wein annehmen, sich bedächtig umsehen und leise, wie sie gekommen sind, wieder weggehen; ein deutscher Arzt, der es nicht wagt, den Kranken anzufassen; ein spanischer Arzt, der zum Krankenbesuch seine Familie mitgebracht hat.

Das Haus ist erfüllt von einem unablässigen Murmeln, von Flügelflattern, Rauschen und Geschrei.

Der Republikaner fühlt, wie seine Kräfte nachlassen.

Er fängt an, sich vor seiner Mutlosigkeit zu fürchten, und das heißt: er wird nicht aufgeben.

Er erkennt die Mächte, die sein Land bewegen.

Er schreibt das Gedicht nicht zu Ende, es bleibt beim Entwurf.

Eines Tages hat Lorca das Blatt zerrissen oder verbrannt oder verloren; es ist der Tag, an dem er zum erstenmal friert.

Das Fieber wird fallen, die Geschwulst wird

zurückgehen, die Lippen werden schwarz verkrusten, und wenn die Kruste sich abgelöst hat, werden sie zu groß sein in dem abgemagerten Gesicht.
Nachmittags, fünf Uhr, abends; er friert.
Es wird lange dauern, Reubell, und der Ausgang ist ungewiß.
Eine Krankheit der Zigeuner; eine Krankheit der Nomaden.

Von Jörg Steiner
erschienen im Suhrkamp Verlag

Als es noch Grenzen gab. Mit einer Rede des Autors. 1976. 58 Seiten. Broschiert

Ein Messer für den ehrlichen Finder. Roman. 1980. 196 Seiten. *suhrkamp taschenbuch* Band 583

Das Netz zerreißen. Roman. 1982. 272 Seiten

Alphabetisches Gesamtverzeichnis der suhrkamp taschenbücher